渔夫诗集

陈钰夫/著

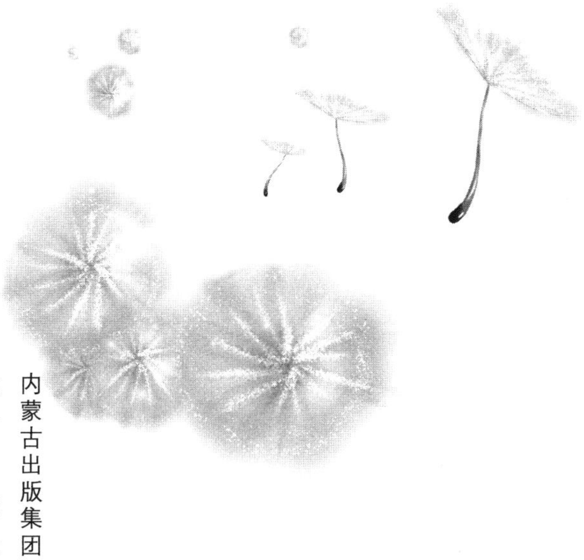

内蒙古出版集团
远方出版社

图书在版编目(CIP)数据

渔夫诗集 / 陈钰夫著. -- 呼和浩特 ：远方出版社,2016.1
ISBN 978-7-5555-0592-1

Ⅰ. ①渔… Ⅱ. ①陈… Ⅲ. ①诗集－中国－当代Ⅳ. ①I227

中国版本图书馆CIP数据核字(2016)第022764号

渔夫诗集

作　　者	陈钰夫
责任编辑	董美鲜
装帧设计	韩　芳
出版发行	内蒙古出版集团　远方出版社
社　　址	呼和浩特市乌兰察布东路666号　　邮编　010010
电　　话	（0471）2236471 总编室　　2236460 发行部
经　　销	新华书店
印　　刷	内蒙古爱信达教育印务有限责任公司
开　　本	880mm×1230mm　1/32
印　　张	3.625
字　　数	48千
版　　次	2016年1月第1版
印　　次	2016年4月第1次印刷
印　　数	1—1 000册
书　　号	ISBN 978-7-5555-0592-1
定　　价	15.00元

18岁的造梦人，愿你长久有梦

——为陈钰夫的《渔夫诗集》作序

◎科尔沁夫（词曲创作人）

接到老友陈兄的电话，说他的孩子陈钰夫要出一本诗集，希望能让科尔沁夫叔叔写序言，这着实让我惊讶了一下：“什么，你的孩子都写出诗集了？！他才多大呀，而且这些年也没听你说过他在写诗呀！”

然后，我得知，与我记忆中早年几次见过时印象中的男孩不同，钰夫今年已经18岁，就读于内蒙古大学文学与新闻传播学院。而这本诗集里的所有作品，都是他16岁时高考前所作，为的是缓解高考的压力……

16岁，高中，高考前缓解压力……这再次让我惊讶了。

我还从来没有听说过一个诗人是在这种情况下完成自己的诗集创作的，甚至身为音乐人的我也从来没有听说过音乐界有类似的例子。试想，一个高三学生在最痛苦、最煎熬的高考中，化解压力的方法可能包括但不限于运动、唱歌、看电影、谈恋爱、沉默或嚎叫……

但确实没听说过一个孩子，在面对未来的压力发狂到要崩溃时，选择默默打开小本子或手机备忘录，写下这样一首诗《D–70如果还有梦》：

如果还有梦

那就让她继续

美好到无以复加

如果从梦中醒来
不要惊慌
人总要面对生活

如果没有了梦
就让自己
成为造梦的人

我想，诗集90多首诗，仅仅看这一首，就可以看到时年16岁的陈钰夫，有着怎样出色的诗才和文字触觉，还有更重要的——有着怎样一颗超越年龄的、宽广而有温度的心。

当然，90多首诗里可以读出的远远不止这些，还有更丰富的生活、更煎熬的学业、更纠结的心情、更深入的思考、更黑白灰的梦境，以及更稚嫩但真诚的爱和忧伤。

比如，这首《D-47光明中的黑暗》：

人类学会了在黑暗中创造光明
但不知如何在光明中寻找黑暗

光明因寒冷而令人心悸
黑暗因孤独而让人心安
天地被逆转
如果时间能逆流

人类需永堕黑暗

若进天堂

必先进炼狱

嗯，前70多首诗，都是以D，也即Day来倒数排序，这首《D–47光明中的黑暗》自然是写于高考前的冲刺阶段。读这首诗，你能感觉到一个即将参加高考的学生怎样的心情呢？是期待天堂，还是无畏地狱？兼而有之，一颗年轻的诗心，一双对未来困惑但专注的眼睛。

又比如，随手翻到的这首《D–6倒计时》，应该是写于高考前的倒数第六天。

紧张的情绪在蔓延

时光之沙与时光之水

急速落下

在交替出现而不断变小的数字中

结束的日子的约定

就要来临

一切的结果都会出现

所有的梦想、幻想、妄想

都见分晓

高考大限即将来临，少年面对未来的时光之沙流淌，心中却是难以名状的坦然。我不知道最后的高考结果，究竟是不是符合他当时的梦想、幻想、妄想，我只知道，他已经用这80天70多首诗，真实地记录下了他的那一段难忘的人生。这些诗远不完美，有些甚至很稚嫩，但是，这是真实的，有着难得真实的少年情绪和年少锋芒，于我来看，可称年少肆意，才情闪亮。

这让我想起我和陈钰夫同龄时的高中年代，也曾痴迷于诗歌，加入学校文学社，高一更曾以写诗为乐，当时习作绝大多数已不知所终，只留下一首因为入选某中学生诗歌比赛集而可以看到，其水准，如今看来当真是无病呻吟，不忍卒读……说老实话，比起陈钰夫今天的水准，可算是天差地别。幸亏当年老天有眼也因我喜欢流行音乐，让我在高二时兴趣转向了歌词，从而无意中找到了未来可能一生都愿意为之付出精力和心血的创作方向。

当然，以陈钰夫的年龄，他远远不到决定自己未来人生和创作方向的时候，他也和我说他当时写诗本为排遣高考压力，没想到发现了其中的乐趣就坚持了下来。这次整理了这些诗出版，也是给当时的日子做一个纪念，然后就把写诗这事暂告一段落，准备去寻找更多的乐趣。

我对此深以为然，生活里远不止诗歌，少年的天空有着无限广阔的未来和远方，你不必一直写诗，只要你带着一颗有诗情的心，去感受，去发现，那你就会不断发现无数属于你的乐趣和充满乐趣的生活，也即充满诗意的生活。

就像当初我和陈钰夫的父母一样，我们3个其实最早也是相识于80年代末呼和浩特市的青年诗社，那时十大几岁不到20岁的我们，都满怀着对诗歌的梦和对文学的向往。时光荏苒，20多年过去了，他们俩早已不再写诗，我主要写歌，其实也不算写诗，但那时对于诗歌的爱和写，却影响了我们的一生。

陈钰夫，18岁的诗歌造梦人，带着一颗诗心出发去远方和未来，愿你长久有梦。

自　序

在如流水的时间之中
有无数个一百天
而有几个能令人产生改变

随着一次偶然而又必然的倒数
我在这里生了蜕变

这倒数是多数人都要经历的人生转折
也是很多人的变化旅程
这就是高考

没有偶然只有必然的奋斗
成就了今后某天的自己
从今日、从当下开始
人生之路
从此不同

目录 Contents

- 从梦中醒来/1
- 梦醒来的地方/2
- 湖光秋色一点青/3
- 我望天空/4
- 起风了/5
- 空自留/6
- 麻木的人/7
- 勿忘我/8
- 空中飞过一片云/9
- 烈日颂/10
- 雷雨夜/11
- 自叹/12
- 第一场雨/13
- 如果还有梦/14
- 雨后初晴/15

● 碧空/16
● 窗边/17
● 日出/18
● 候鸟飞回/19
● 日暮西山/20
● 午夜风暴/21
● 青云满天/22
● 守护/23
● 满目疮痍/24
● 星月夜/25
● 宇宙跳跃/26
● 天堂与地狱之路/27
● 光明中的黑暗/28
● 自然法则/29
● 历史时间/30
● 创世后/31
● 文采/32
● 撒旦/33
● 进化论/34
● 谈人生/35
● 告白信/36
● 赞美情诗/37
● 死亡/38
● 与未来对白/39
● 时间的厚度/40
● 莫绝望/42
● 左手的彩虹/43
● 元素劫/44
● 如果有一天/45
● 压力/46

- 告别书/47
- 遇见/48
- 悲伤/49
- 因果轮回/50
- 笑对生死/51
- 毕业前留赠/52
- 表白诗（一）/54
- 表白诗（二）/55
- 如果/56
- 失落/57
- 倒计时/58
- 风的孩子/59
- 如果能惊醒/60
- 改变/61
- 时光诗集/62
- 尾声/64
- 葬礼/66
- 随想/68
- 沙尘暴/70
- 尘埃曲/71
- 感谢/72
- 一天/73
- 朝阳/75
- 光明/76
- 清晨/77
- 阳光明媚/78
- 一日之计/79
- 青云游荡/80
- 红日南移/81
- 正午/82

● 骄阳/83
● 午后时光/84
● 下午/85
● 乌云凝结/86
● 风刃/87
● 太阳于西方/88
● 夜色降临/89
● 雷雨/90
● 星空/91
● 荒废时间/92
● 梦境/94
● 午夜/95
● 黎明/96
● 破晓/97
● 如今/98
● 流线/100
● 后记/103

从梦中醒来

从梦中醒来
进入另一个世界
伤痛在欢乐中被遗忘

伤痛还在
只有无尽的孤独
不愿被记起
就选择了忘记

从梦中醒来
醒来走向明天

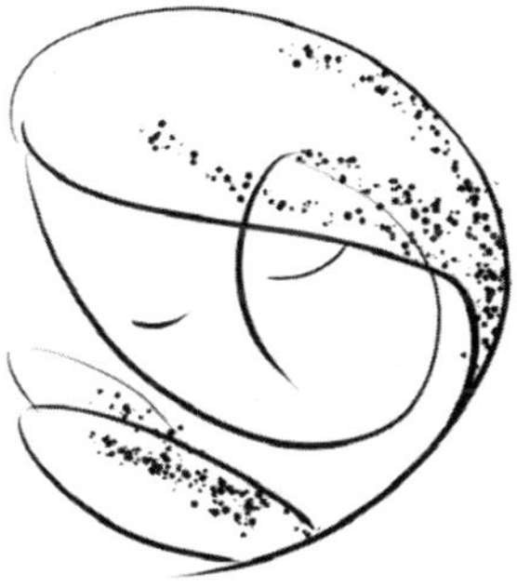

梦醒来的地方

光明从黑暗中出现
看到了眼前的路
从地上醒来
出发

风景飞驰
重新回归原点
睡下，醒来
在梦醒来的地方

湖光秋色一点青

湖光秋色一点青
化为静默的希望
在原野上
青色的、如同镜的
美丽湖面上

风吹起波澜
星光飞起
成为跳动的精灵

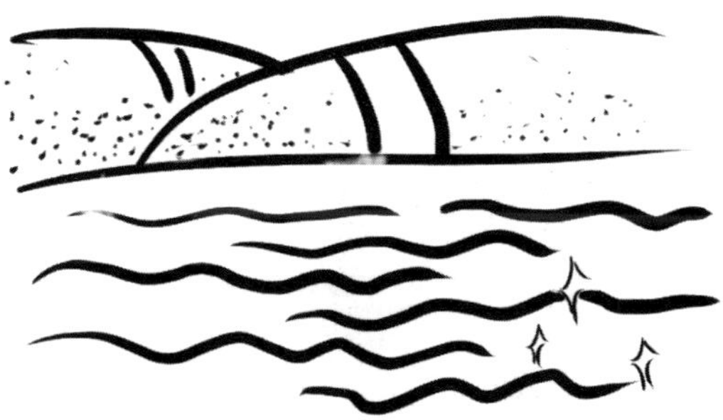

我望天空

满天星辰闪耀

飞矢如雨

在如梦的仲春夜

明亮的天空中

飞过如夜般零星的黑子

我望向天空

没有世界

只有即将破碎的幻境

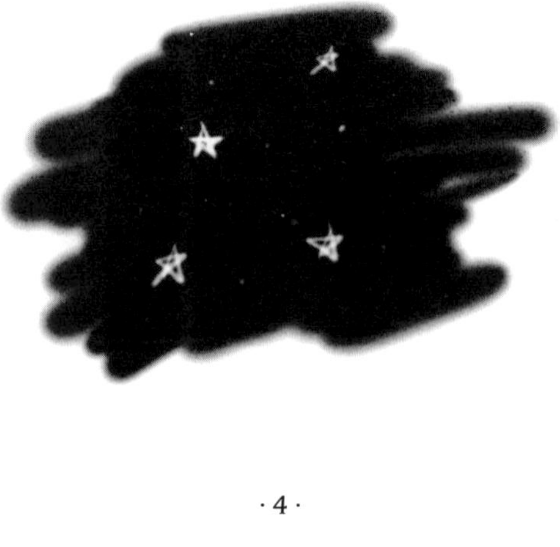

起风了

气压中生出力
起风了

风吹过万物
但无人发现

风后悔万分
但已前行而出
在静默的夜
与自然抗衡

D-75

空自留

水无尽，水无边
空自流
水中百舸争游

远影留孤帆
空自流
水中有源头

麻木的人

D-74

跳跃的函数
在静默的轴上
无尽重复

是时候变化了
跳出死亡的怪圈
生出翅膀
在天空中飞翔

不畏黑暗
心向阳光

D-73

勿忘我

清风划过
月光与溪水
从山涧跳跃而下

小花摇曳
在亘古的丛林中
体现物质的永恒

不用向世人证明
而永远存在

空中飞过一片云

空中飞过一片云
一片洁白的云
风雪在云的身体里
不断滋生萌发

空中飞过一片云
一片漆黑的云
风雪在云的身体里
等待出生爆发

空中飞过一片云
一片永恒的云

烈日颂

光明冲破一切黑暗
强烈的热在这一刻绽放

青春被蒸发
梦想被升华
世间不留一物

光明在人间
但人间已不见人
愿世界与你同在

雷雨夜

无尽的黑暗之中
雷电带来的光明
转瞬即逝

夜晚变得空灵而急切
没有丝毫缓和
如同空中之倾盆
使人狼藉

在这雷雨夜中
高声呼喊

D-68

自　叹

那可悲的命运
那如同江水般流不尽的命运
那如同海涛般汹涌的命运

无力改变又无以自拔
沉在这如泥沼的生活中
还不自知

虚实在风中消散
只空留一声叹息

第一场雨

黑灰色的天空
酝酿着新的风雪
并非满目雪白
而是满天银丝

清风无法分辨冷热
但大地已被湿润

世界不再清澈
而被不洁的溶液占领
春芽初发

D-66

如果还有梦

如果还有梦
那就让她继续
美好到无以复加

如果从梦中醒来
不要惊慌
人总要面对生活

如果没有了梦
就让自己
成为造梦的人

雨后初晴

D-65

在层层云雾之中
孕育着光明

终于冲破黑暗
走向人间

战争还在
但光明不减
热量充满大地
使万物朝圣

碧 空

在满天细丝中
乌云压顶
历经万千磨难
出现无尽碧空

为天高气清
不惜血的代价

为多一秒的阳光
而发动战争

窗　边

一只鸟落在窗边
惊醒了思索的人
阳光洒入
如同进入神的世界

景色亘古不变
只是日升月起

恨离别
红颜心已改

日　出

火红的光球
从地平线下升起
美丽的完美的圆

从无尽的黑暗中来
为无尽的黑暗带来光和热

在漫长的积蓄后
在众人的不解中
爆发

候鸟飞回

D-60

在远方闷热的大地上
一群迁徙的候鸟
从地平线上起飞

路途中乌云密布
荆棘万千

在西南方的落日中
喷发出了
来自远方的生命
来宣布光明

日暮西山

红日垂于西山
天边万里晚霞
风起云涌

生的力量被带走
无数灵魂消散
命运在叹息

黑暗的力量在壮大
世界为之臣服
等待下一次轮回

午夜风暴

黑暗统治万方
午夜已经到来
启程去夺回世界

风暴从太平洋的角落中觉醒
充满力量
臣服于我

以力铸剑
用午夜的风暴撕破黑暗
去寻找光明

青云满天

层叠下的压力
使世界为之胆战
青白相交

诸神与人间分离
人类独自奋战
而获得自由的生的权力

半神从肉体中生出力量
冲破了神界的阻挡
万物得永生

守　护

D-55

万里秋来
满目萧寒
背后是温暖的梦

无尽诸神降临
但要与之为敌
凛冽涌上心头

永不后退
为了一丝的自由
进行与世为敌的守护

满目疮痍

最后一丝光明被黑暗熄灭
世界统一

天空早已塌陷
土地已然板结
行走在空气中发出钢铁的声响

疮痍满目
世界几欲崩坏
想欲反抗
但没有希望

星月夜

D-53

霓虹化为星光生出悲伤
月被地上的光明所隐藏
天空消失不见

化作流光
进入万籁俱寂的星月夜

满天珍珠盛于玉盘
耀白色的光芒
洒在如墨漆黑的画布上
心醉心碎

D-51

宇宙跳跃

一捧轻丝的黄沙
从指间飞下
融化消散于空气

冰与火的碰撞
使分子聚合又爆发

亿万年的火焰聚合
使地球万物生
生命的奇迹
在宇宙中并不孤独

天堂与地狱之路

D-48

在草原的旷野上
以树为界碑
区分出光明与黑暗
一侧是峭壁
一侧是深渊

去往天堂而几乎无路
走向地狱而畏惧堕落

攀向峭壁
坠入深渊

D-47

光明中的黑暗

人类学会了在黑暗中创造光明
但不知如何在光明中寻找黑暗

光明因寒冷而令人心悸
黑暗因孤独而让人心安
天地被逆转
如果时间能逆流
人类需永堕黑暗

若进天堂
必先进炼狱

自然法则

如同密码的数字组合
在四季流转中上下翻飞

时间与空间的自然法则
被用简单又繁杂的工具表显
如溪水流转

日月星辰用图形表达
对自然流露无尽爱意
尘归尘，土归土，万物化黄土
以身化繁星
消散于天地之间

D-45

历史时间

历史的车轮滚滚向前
而车上的负重不断增加
是否应丢弃

时间如潮水
江中水无尽
鱼虾不绝，万物生长

万卷书史
被世人朝贡
浩如烟海繁星

创世后

江水滚滚流
江映繁星江映月

水光接天，天空之星河
锦似花，花似锦
美釉游于天地

风吹起星辰
花落回人间
宇宙在起点之中
无尽爆发升起

D-43

文 采

清风抚，桃花盛开
漫天花沫飞絮
黄沙起，细雨散落
百草绿芽初吐

雾动云涌
荡漾在空中的碎屑
化为黑色的天堂

撒　旦

D-42

鲜血喷洒
组成雾化的暗红色天空
碎肉与骨屑的池塘中
恶魔在休息

善良纯洁的背叛
助长了世界的恐怖力量

在死亡的统治下
生命已毫无意义
人间的美丽和谐

D-39

进化论

漫天飞洒下的密码序列
分化重组
揭示混沌的变化

神的创造被人类发现
人神共存于天堂
事物被革新

挚爱于造物
不过梦醒时分
万里崩坏化为黄土

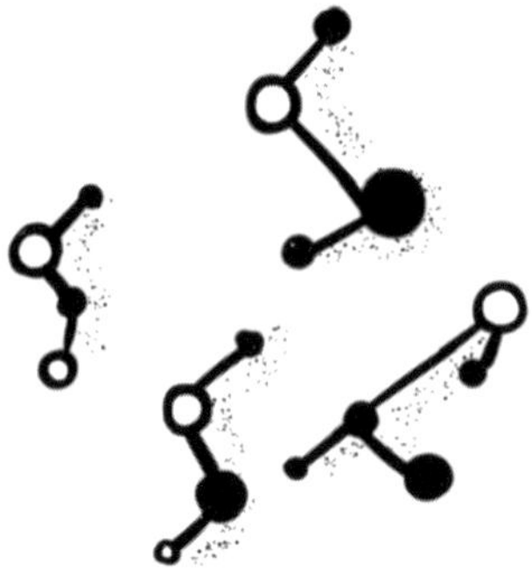

谈人生

D-34

星辰流于夜空
明月静立
仰望波涛汹涌

东方的尽头
黄红色的利剑冲破苍穹

静立千尺湖面
节气与风云共升
被位面排斥
守护理想花园

D-32

告白信

在未来的一天
你突然重新出现在我的脑海
我对你的爱
让我记你永世

我们可能隔离天日
但我会为你写诗

我要给你写诗
“我爱你
某日某地”

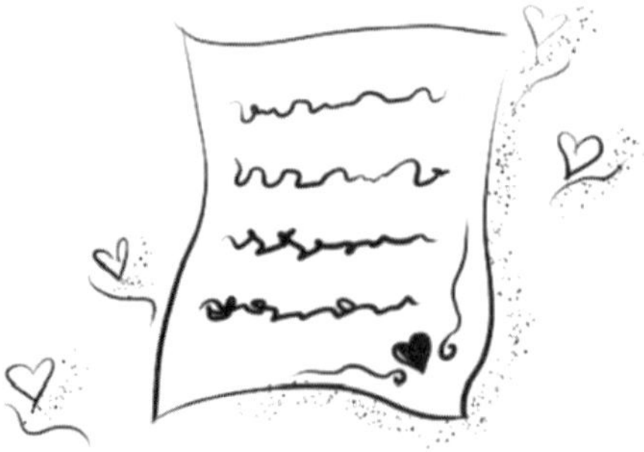

赞美情诗

D-31

我在远方遇到了你
它随同梦境飘向远方
紫红色的花园
都伴着春天开放

白云、蓝天
空气宁静

白似雪，黑如夜
星辰也只做装点
在永恒的高原上绽放

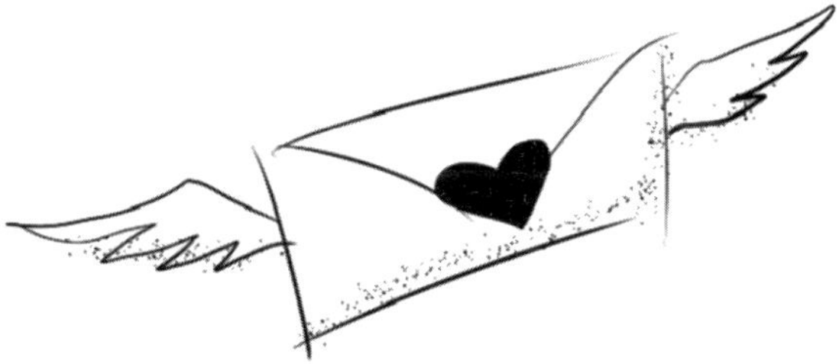

死　亡

站在山顶远望
云海翻涌
沉陷在回忆的车轮中
无法自拔

被生活重击
向后倒下
一跃进入九天之中

在烈火的焚烧下
化为灰烬与永恒

与未来对白

在岸边吹过的海风
令人心醉而又心碎
面对海浪一次次击在岸边
用历史
见证了潮起潮落
日升月沉

星辰翻涌
梦想的闪流汇入海中

数年前的巨石
已在浪淘沙中
成为晶莹的鹅卵

是否知晓了何为人生
是否了解了何为社会

风浪之中
一切
如梦般消散

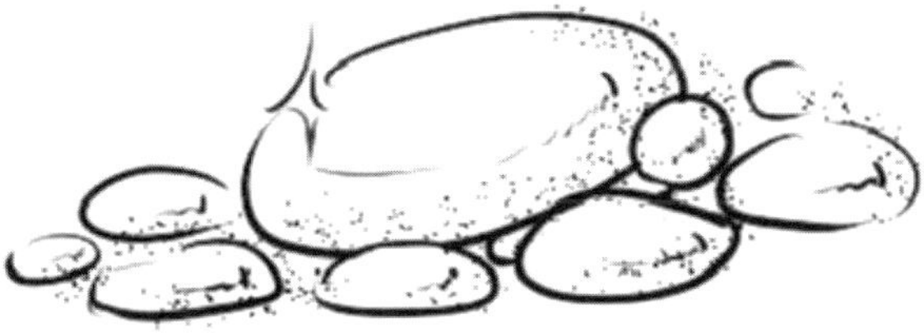

时间的厚度

我问苍天：一百年有多长？
他回答：不到一瞬
我问大海：一百年有多长？
她回答：只是一瞬
我问古树：一百年有多长？
它回答：只一小会而已
我问智者：一百年有多长？
他回答：永恒的一瞬
我问长者：一百年有多长？
他回答：那是渴望而不可及的理想
我问青年：一百年有多长？
他回答：何必想太远，只顾今朝就好
我问小虫：一百年有多长？
它反问我：什么是年？
我的问题为大家带来了太多困扰
于是我换了问题
我大声问所有人

一瞬有多长?

但久久无人回答

一瞬便是永恒

一只路过的小虫对我说

那一刻，我好似悟了

时间可以无所在

也可以无所不在

她就是她

是我们每个人、每一事物的

时间

莫绝望

如果有爱
就去争取
用自己能想到的一切方法

如果争取不到
就把她藏在心里
在世间找寻新的情

人活一生
会有无数个梦想
消融于天地之间

左手的彩虹

D-25

（十四行）

我习惯于右手
右手为我带来阳光
但，日升日起
有一天，我倍感麻木
以往出现的太阳
今天被满天乌云阻挡

天空中下着雨
如同孩童哭泣
在我认为世界快要崩坏时
我看到了左手
一道光冲天而起
打破黑暗

左手的彩虹
为我重新带来光明

元素劫

水波轻溅
还未从中醒来
沉浸于甜腻的液体之中

风拂远方
用全力挣扎
逃出黑暗的牢笼

火光接天
用智慧驾驭万物
使世界崩坏

如果有一天

D-23

如果有一天
所有的梦想都会实现
那我会给过去的自己写一封信

信中说：致过去的自己
请为自己立下远大的志向
未来的你，于某地，某日写

现在的我会收到信
在想象中憧憬
如果有一天

D-22

压 力

寒风入夜
梦已开始进行
是好是恶但在今夜

用智慧化解
假于万物而成圣

身心已疲
外物之负担困在心中
市井甚纷?
不应入目引乱肠

告别书

D-29

还记得我遇到你
如今我马上要离开
我要用很长时间来适应
你不在的日子

生活还要继续
我会有自己的家庭
而你不知还会去远方

有一天
我会再遇到你

D-28

遇　见

初次相遇
你好，我是XX
平淡而无奇

我会认识你
已是莫大的缘分

你在我心中数次闪现
视野中满是你的身影
为与你多见一面
而费尽心机

悲 伤

世界由光明变为黑暗
过往的种种
被化为灰烬散在风里

本还有希望
但自愿困在黑洞之中

沉沦在消沉之中
本美好的事物已逝
嘲笑自己的萧然
如负万钧

因果轮回

有开始就有终结
向前进的总会走到终点

种下的因，会有结出的果
以往的种种
在终点重现，以果报因

时光之沙即将流尽
终点过后又是起点
太阳
照常升起

笑对生死

D-15

剑出鞘，锋芒流露
战争正盛
不伤敌，则伤己

星罗棋布，步步为营
大势已成，招招惊心

细处见真章
事事无大小
如止水，如明镜，如皎月
不染一尘

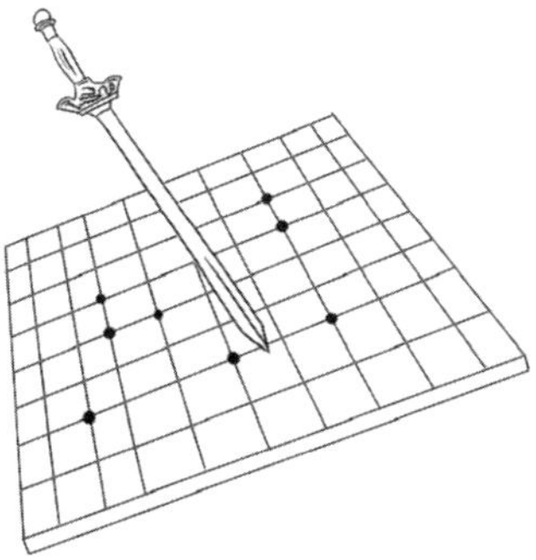

D-23

毕业前留赠

水滴石穿
十二载年华转身时已逝
眼前景物熟悉但又陌生
还未仔细体会
学习的快乐与幸福

在这里生活过
我经历了少年与青春
梦想的出现
就在不经意间
生根、发芽

走过美丽的春景、夏夜
石子小路上
还有昨日留下的淡淡泥土香

我今天即将离开这里
离开记忆中的校园

离开记忆中的家乡
面对新的生活
新的面孔

背上行囊，远去他方
林朗木朗，快去远方

愿你永远安好
别了，我的母校

表白诗（一）

为什么我的心如此空洞
如同天空失去了日月与星辰

你快要离开我
或者不会离开我
生与死只在一念之间产生

如果可以用你
来补充我无比苍美的心
那样的世界
一定会很美好

表白诗（二）

我在丛林中迷了路
四处乱跑，毫无头绪

林中景色很美
我决定定居于此
于是，过了很久

有一天
我遇到了你
在万木之中，繁花之中
我愿为你
舍弃整片森林

D-9

如　果

如果我说爱你
你会如何回答
如果你接受了我
我又应如何对你

但这一切都是如果
如果……
如果这一切真的发生了

我会爱你
我会爱你，没有如果

失　落

D-7

当我还在幻想我们能在一起
我们已在我不经意间分开
路很遥远
我们可能会有人陪伴
但不是彼此

时间不停流转
我可能会在偶尔想起你
心很痛
无法放松

生活还在继续
日月依旧分离

当有一天我在街角看到你
你和别人走在一起
我决定选择离去

进入一个深渊
与你永不相见

D-6

倒计时

紧张的情绪在蔓延
时光之沙与时光之水
急速落下

在交替出现而不断变小的数字中
结束的日子的约定
就要来临

一切的结果都会出现
所有的梦想、幻想、妄想
都见分晓

风的孩子

D-5

晚风寂静，空谷幽暗
留恋人间美好

我从这里跃起
去向远方
在更广阔的世界里
游荡

前途黑暗或是光明
但我永远记得你
远方、我的故乡

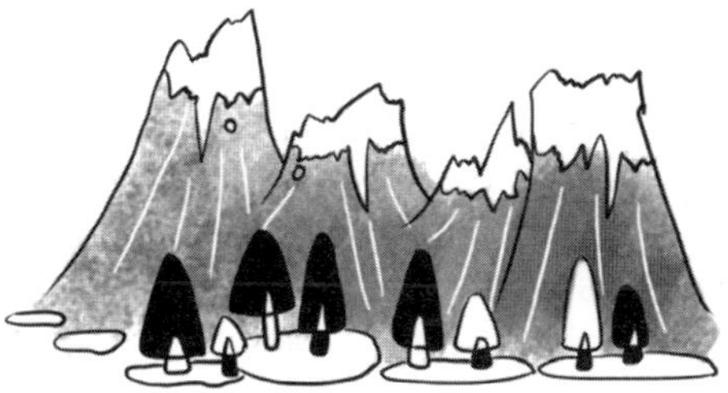

D-4

如果能惊醒

当我从梦境中惊醒
发现我依旧坐在熟悉的桌后
在我熟悉的土地上奋斗

那一切会是多么美好
但这早已成为回忆

在眼前的路上
可能会有伤痛，有悲哀
不会变的
是心中美好的纯净

改　变

D-3

世界在时间的指挥下运转
我们被世界夹带行进
为了适应不和谐
我们学会了改变

每天都面对新的风景
日光下的雨
月光下的雪

是我改变了世界
还是世界改变了我

D-2

时光诗集

翻开时光的诗集
看到了历史的思绪

有春日的风
夏日的雨
秋日的叶
冬日的雪

有怀春少女的情
有才气少年的爱

那都是历史的珍藏
它们被深深地
封锁在时光胶囊里
等待未来的人去发
现，去寻找

直到有一天

我开启了沉重的锁链

翻开了

时光的诗集

D-2

尾声

在流水的冲刷下
生铁百炼成钢
审判日马上降临

从懵懂走向睿智
从幼稚走向成熟

十二春秋中
已发生质的蜕变
你，我，我们
以及所有人

我们会各自流浪远方
去到广阔的世界中
寻找自己创造的港湾

在这最后一刻
这审判前的最后一刻
我们会祝福彼此
走向，另一个明天

葬　礼

在十八年零八个月前
上帝的灵魂之手
在初生的胚胎中
点进了无上的
揭开人类秘密的智慧

到如今
胚胎中的智慧已经逐渐长成
那胚胎的生命
已经成人

那胚胎中的人儿
要把那十八年的时间之沙
埋葬

那时间
是人儿的灵魂的一部分
是人儿五分之一的生命

人儿在为智慧的时间
在为消逝的灵魂
在为荒废的生命
举行
世纪的葬礼

再见
那逝去的
一切

Happy birthday to me.

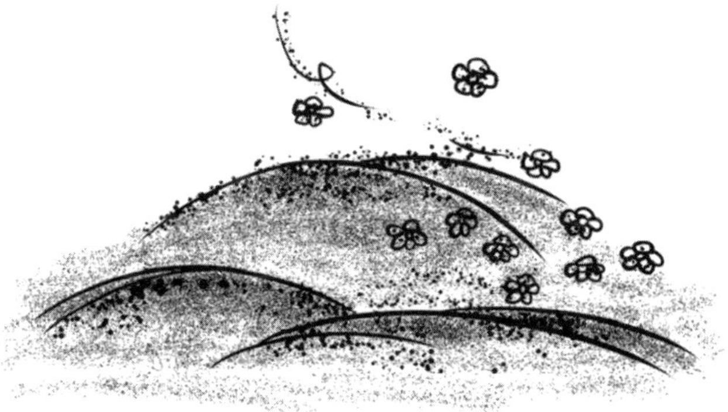

随　想

如果真的想从社会中离开
就尽情享受孤独
不要再回忆
不要再留恋

如果无法离开
就安静享受在人群中的生活
不要再试图逃离
否则只会让自己伤悲

在美好的时光做美好的事
做好自己的选择
走向明天
存在与远离

冬季的寒风在众人的厌烦中离去
盛夏的晚风在众人的欢迎中到来

收到众人祝福的事业
一定会成为永恒？
受到众人反对的理想
一定会成为历史？

我将离开世界
走向新的天堂
为了我的理想
为了我的事业

我终于知道
这里，不是我的家乡
这里，只是远方

沙尘暴

沙从指尖飞出
飘
有风吹过
变为狂暴的利器
使人在虚空中迷失
在尽头
有星光
绿色的星
炎热而多雨
沙不甘地落下
进入绿色的星核中
变为生命

尘埃曲

做闹市中的一缕尘埃
飞行在灯红酒绿之中
留恋在人群之中

我看到美丽的世界
我看到绚丽的风景

但我不知道
大家的视界里
大家的脑海里
都有什么样的世界

像谜一样的精彩人间里
我走在迷宫之中
没有方向

在这绚丽的世界里
做一缕飘浮的尘埃

感　谢

世界如此丰富
感谢组成世界的花朵、白云与泥土
社会如此精彩
感谢构成社会的每一个人

我身在这美丽的世界与精彩的社会之中
我自然要感谢
感谢与我路过见过的
与我同行伴我而行的
以及与我无关的
人或物

谢谢这里的一切
愿有缘再见

一　天

朝阳从东方升起
带来一天的光明
步入薄雾覆盖的清晨
阳光明媚
一日之计在于晨
清云在天空慢慢游荡

红日移向南方
时间走向正午
如火骄阳

轻松的午后
美好的下午就此开始
天空中乌云开始聚集
风似刀锋

太阳渐沉于西方
夜色开始降临
风雷交织
在远方，有星空
但那是现在的梦境
眼前，只有这午夜风暴

终于到了这黎明前的黑暗
迎来了破晓

朝阳

红彤彤的阳光
令人向往
自己的心底开始出现美好的
那极其美好的向往

向往着现在
向往着未来
向往关于你、关于我
关于世间万物的一切

在这温暖的阳光下
种子开始萌发

光 明

熹微晨光穿过薄雾
开启了光明的仪式

飞过山岗
飞过海峡
照耀大地

神圣的仪式
震撼人心的光明
令人冲破黑暗的力量

任何阴暗无法存活
使世人变得纯洁友善
愿光明长存

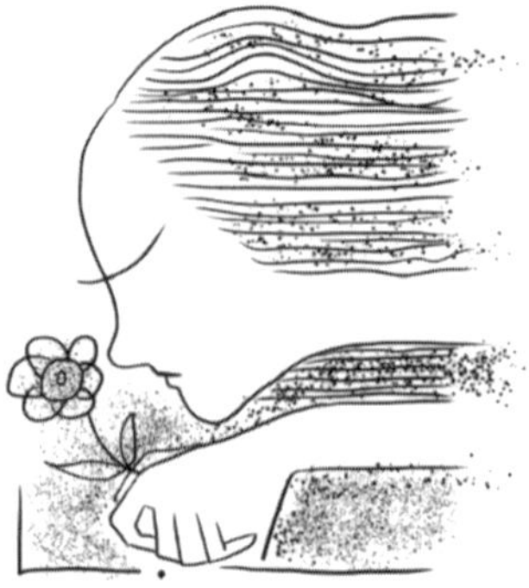

清　晨

在小鸟在枝头唱歌之时
在清风吹拂面颊之时
我就知道
清晨到来了

这清晨是绿树荫里的人儿在漫声歌唱
这清晨是田间地头的人儿在奋力劳作
这清晨是一切美好事物的交融
是华丽而耀眼的
光环

阳光明媚

如同重击般
那强力的阳光
冲撞在胸口
如梦方醒

强力的打击
让我无法继续在黑暗中生存
你在奋力拯救我
拯救在这黑暗中
越陷越深的我

你在奋力拯救
拯救这生存在黑暗中的我

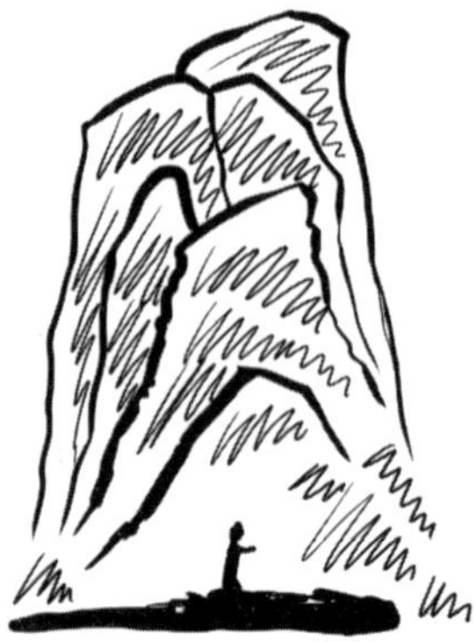

一日之计

轻抚眼角的微风
告诫我
现在应该开始奋斗了

轻抚面颊的阳光
告诉我
现在应该开始劳作了

轻抚心灵的晨露
在轻轻讲述
少壮不努力

我沉浸在阴影之中
渐渐走向阳光

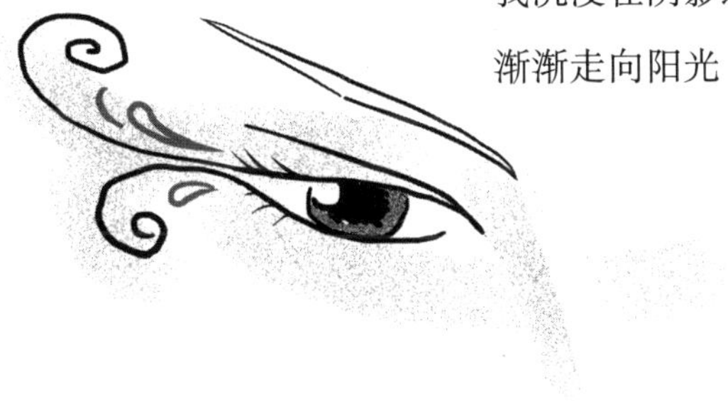

青云游荡

水汽上升凝聚
成为青色的薄云
青云在腹中酝酿
酝酿绝世风雨

因为时间
越多的水汽凝结
清风慢吹
从第一滴雨落下
见证了上帝的怒火

只有诺亚幸免

红日南移

时间似流沙
从聚集走向分散
大地吸收了太阳的光和热
变得炽热

那是沁人心脾的春季
那是汗如雨下的夏季
那是红叶缤纷的秋季
那是寒风刺骨的冬季

他让人回归自然
回归光明
拥抱世界

正　午

被遗忘的中点
生物的庆典时间
欢聚在各个社会之中
举行关于本能的仪式

生命的力量在汇聚
迸发出别样的彩虹
日光流转
创造出新的智慧

骄　阳

如火的骄阳
灼烧着大地
炽热的黄土上
跳跃的蛇在前行

奔流的思想被蒸发
已经禁锢
为何还要加以酷刑

流淌的
是那曾经的固体
如今已被融化

烈风啊
快来吧！
暴雨啊
快来吧！

午后时光

一杯清茶
一小碟点心
在自家的院子里
享受
午后时光

有人愉悦
有人悲伤

愉悦着闲适的时光
悲伤着劳烦的过往与将来

期许流水带走时光
留恋快来回忆
盼望美好未来

少年郎
今当奋进
不悔当初

下 午

风光正好
有轻微的热浪
对现在的生活开始有无限遐想

流光溢彩
沸腾在画布上的光斑
成为靓丽的星河

蝉声嗡鸣
宣布爱的力量

乌云凝结

明媚的阳光突然消逝
令人不安的压力
让人心头憋闷

怀疑自己是否已坠入黑暗
质疑上帝是否还可信
猛然栽向地狱

在这充满火焰的世界里
畅想明天

风　刃

从微风中诞生的
如同利刃一般的
杀伤性武器

不会伤害生命
但会斩断希望
令欲望之心崩溃

追随韵律的脚步
逆风而上

太阳于西方

流光汇聚
天空中出现了七彩的光芒
紫的发黑
红的发亮

云朵被火灼烧
淡淡的
渐渐被浓缩
成为乌墨色

红色的光球结束了一天的旅程
回归沉寂

夜色降临

星光透过黑暗
降临人间
皎月挂在空中
为大地铺上银装

正义的力量被削弱
有人想要堕入黑暗
光明无力阻止

进入了
星空下的
黑暗年代

雷 雨

银蛇飞舞
天空中骤然刮起大风
人心惶惶

在那惊天霹雳的宣告下
厚厚的云层
下起暴雨

水漫全城
众人俯首
胆小之人只能永堕黑暗

安息吧
亡魂
在这震撼的
雷雨夜

星　空

在如同锅底倒扣的
重度污染的
黑色天空下
我试图仰望梦中的星空

我发现了
发现了一点晶莹

那是远在天边的星?
那他又是什么?

我梦想有一天能见到那星空

荒废时间

流过的时间
用轻柔的力量
一次次击打在我的身上

轻轻地
轻轻地
使我失去了防备

终于
让我搁浅在了
空洞的、空旷的
白色沙滩上

我的小舟
已经无法适应大海的航行?
我不断怀疑自己
怀疑自己是否应该改变

逃离的路上
我开始进行尝试
但
一次次地被重重
打回到岸上

如今我被囚禁
只希望能在某地找到
找到解脱的方法
远航吧
远航吧
我的希望

梦　境

在云层中
有我温暖的小船
荡漾在朵朵碧波中

我轻轻地
轻轻地轻轻地
走下船
漂浮在了这云层之上
望向远方?
白茫茫白茫茫
看向近处
白茫茫白茫茫

我离开了那现实的世界
走向那白色的天堂

午　夜

重重的霾遮盖在城市上空
压在人身上
让本就黑暗的午夜
变得，成为地狱

离阳光还远
小小的念头突然出现
纯洁的灵魂被吓了一跳

为什么会
成为如此阴暗的恶魔？
还是自己的纯洁只是表象？

黎 明

晨露挂在翠绿的叶片上
寒冷的强风吹过
瞬间凝结成薄霜

叶子的生机被凝固
在那坚硬、寒冷的硬壳中

她在等待
等待即将到来的黎明

破　晓

我从黑暗中走来
为了走向光明

我说：“要有光！”
我向西走
每走一步，光明便从我身后升起

前进，为世界带来光明
我不曾后退
因为我知道
世界需要我

如　今

提笔写字
在如今
好像成了我最大的挑战

沉沦在自己的渺小世界里
不过问时事
让自己变得貌似忙碌
可是
如今的我
真的是眼前忙碌的模样吗?

走过来时的路
看到路两旁的风景早已不是
最初的靓丽

是我变了
还是时间的威力太强
万物都无法逃避

如今

如今的我想看见大海

如今的我想看见高山

大海令人思绪变广

高山令人情绪变清

但

不跨过海

就无法体会海的情绪

不越过山

就无法理解山的厚黑

如今的我

走下去

流 线

我看到了光?
看到了看到了
那一条条红的蓝的流线
飞快地从我眼前划过

我这是在哪?
为什么我会看到这样的景象?
我环顾四周

前方是蓝色的线条
后面是红色的线条

我明白了
我知道了我在哪里
这就是时间的空白点
我的速度如同时间一样

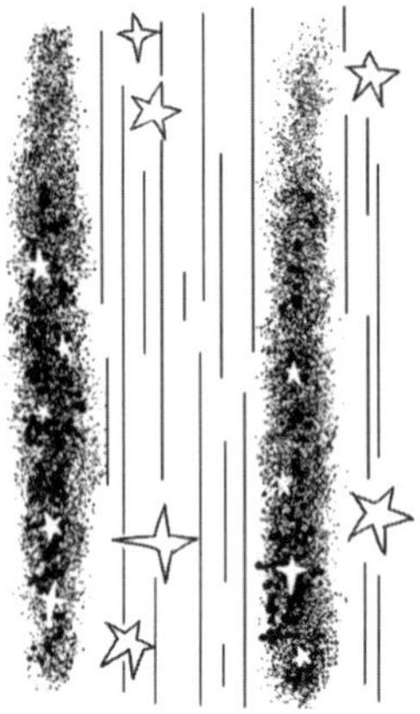

就这样
我要体验时间
我轻轻地划过每个人的指尖
有人想要攥紧我
有人却松手放我走开
但是
我并没有因为任何原因
而不公平地对待某人
每个人的时间都是一样的

攥紧的人
获得了能力
松开的人
获得了幸福

我出来时
有人问我
为什么不公平?

我很好奇
我公平地对待每个人
为什么得到这样的问题?

我终于发现
因为攥紧的人
想要空闲的幸福
松开的人
想要忙碌的能力

我告诉他们
没有公平与否
有的
只是自己对付出与回报的态度
有对自己的
有对别人的

后　记

时间一闪，又是一年临近高考的日子。翻看这些句子，对当时激荡表达的感慨已没了感觉，只勾起那么一点点淡淡的似怨似恨又似寂寥的虚空感。现在想来，无非是应对一场考试，何以在那时会生出这么多的矫情。不过，也正因有了那场考试，使曾经一起奋斗的同学、伙伴在分别后多了一份沉甸甸的情感，有了一份非同寻常的记忆。大家在各地继续求学，定会时常想起那间教室黑板旁的倒计时牌，定会时常想起堆满习题集的课桌角落放着的只属于自己的吉祥笔或励志卡。

看到网上有人说，最美好的大学生活在高三，最美好的高中生活在大学。我对这句话深以为然。而这个集子收录的，只是那时一声气馁无助的苦笑，只是一瞬间急于脱离稚嫩的幻想。

只是，一场梦。